Collection de M. le Marquis de L*** [Lambertye]

TABLEAUX

MODERNES

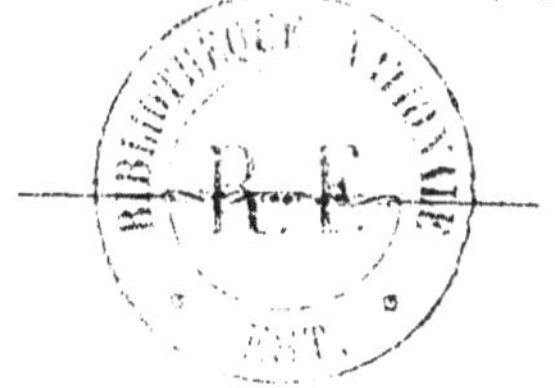

VENTE

Le Samedi 4 Février 1865, à trois heures précises

M₍ ESCRIBE, Commissaire-Priseur.

M. Francis PETIT, Expert.

RENOU et MAULDE, Imprimeurs de la Compagnie des Commissaires-Priseurs,
rue de Rivoli, 144.   37265

CATALOGUE

DE

TABLEAUX MODERNES

Composant la Collection de M. le Marquis de L***

DONT LA VENTE AURA LIEU

HOTEL DROUOT

SALLE N° 5

Le Samedi 4 Février 1865, à trois heures précises

Par le ministère de Me ESCRIBE, Commissaire-Priseur,
rue Saint-Honoré, 217,

Assisté de M. Francis PETIT, Expert, rue de Provence, 43.

EXPOSITION PARTICULIÈRE

Le Jeudi 2 Février 1865, de une heure à cinq heures.

EXPOSITION PUBLIQUE

Le Vendredi 3 Février 1865, de une heure à cinq heures.

PARIS — 1865

CONDITIONS DE LA VENTE

Elle sera faite au comptant.

Les Acquéreurs paieront, en sus du prix d'adjudication, CINQ pour CENT, applicables aux frais de la vente.

Le Catalogue se distribue :

à Paris........	M. ESCRIBE, Commissaire-Priseur.
	M. FRANCIS PETIT, Expert.
Bruxelles....	M. E. LEROY.
Id......	M. HOLLENDER.
La Haye......	M. VAN GOGH.
Londres......	M. COLNAGHI.
Berlin........	M. LEPKÉ.

DÉSIGNATION

A. ACHENBACK

1 — Marine.

Un fort, construit sur le rivage, est battu par la mer agitée.

H. 38 c. L. 46 c.

BARON

2 — Jeune Page armé chevalier.

H. 26 c. L. 22 c.

BELLANGÉ

3 et 4 — Les Nouvelles du pays. Scènes militaires.

La Bonne Nouvelle.
La Mauvaise Nouvelle.

H. 24 c. L. 19 c.

BRASCASSAT

5 — Mouton noir broutant une branche d'arbre.

H. 38 c. L. 46 c.

CHAVET

6 — L'Enfance de Prud'hon.

H. 23 c. L. 18 c.

COROT

7 — Le Pêcheur ; paysage. Effet du soir.

H. 38 c. L. 60 c.

DECAMPS

8 — Paysage d'Orient.

Une caravane suit un chemin qui descend dans un
ravin boisé ; plus loin, la campagne se déroule sèche
et brûlée par un soleil ardent qui éclaire tout le paysage.

H. 68 c. L. 93 c.

DECAMPS

4,240.   9 — Bûcheronne dans la forêt.

Appuyée sur un long bâton, elle cause à un enfant
qui s'est assis sur le fagot qu'il portait.

H. 32 c. L. 24 c.

DECAMPS

1,500.   10 — Plage à marée basse au soleil couchant.

H. 17 c. L. 35 c.

2,950.   Vente Decamps (1861).

DECAMPS

1,500.   11 — Gorges d'Ollioule.

Au soleil couchant des cavaliers suivent un chemin
bordé de rochers et de montagnes.

H. 26 c. L. 33 c.

EUGÈNE DELACROIX

12 — Tigre attaquant un Serpent enroulé à un arbre.

H. 32 c. L. 41 c.

EUGÈNE DELACROIX

13 — Combat entre Marocains et Arabes.

H. 23 c. L. 35 .

EUGÈNE DELACROIX

14 — Ballade écossaise.

A la lumière de la lune voilée par les nuages, un cavalier presque mort de peur et tenant sa monture par le cou, franchit un pont à demi ruiné ; des ombres sont accrochés à la queue de son cheval.

H. 23 c. L. 31 c.

PAUL DELAROCHE

2,200. 15 — Jésus sur la montagne des Oliviers.

Jésus-Christ à genoux tient à la main le calice au-dessus duquel brille une hostie dont la lumière éclaire seule la tête du Christ pleine de résignation.

H. 10 c. L. 12 c.

Vente Paul Delaroche.

DIAZ

1,020. 16 — Paysage; Troupeau de vaches au bord d'une mare.

H. 50 c. L. 65 c.

DIAZ

400. 17 — Intérieur de forêt.

H. 18 c. L. 26 c.

ÉMILE DIAZ

18 — Intérieur de forêt.

Une biche et un chevreuil effrayés s'apprêtent à fuir.

H. 27 c. L. 40 c.

JULES DUPRÉ

19 — Paysage traversé par un cours d'eau. Effet de soleil.

H. 23 c. L. 35 c.

FAUVELET

20 — L'Indiscrète.

H. 24 c. L. 18 c.

GÉROME

21 — Diogène.

Il est assis sur le bord d'une immense jarre et tenant sa lanterne ; des chiens sont assis ou couchés autour de lui.

H. 19 c. L. 26 c.

GÉROME

22 — Arnautes en prières.

Pieds nus et debout sur des tapis, ils écoutent la
prière que le prêtre récite en élevant les deux mains.

H. 35 c. L. 51 c.

GRUND

23 — Petit Bûcheron dans la forêt de Fontaine-
bleau.

H. 16 c. L. 13 c.

GUDIN

24 — Combat naval.

H. 60 c. L. 79 c.

HÉBERT

25 — Les Cervarolles. États-Romains.

Variante du tableau du musée du Luxembourg.

H. 65 c. L. 42 c.

HÉBERT

26 — La Malaria.

Famille italienne fuyant la contagion. Réduction du
tableau du Musée du Luxembourg.

H. 55 c. L. 80 c.

HERBSTHOFFER

27 — Un Reître à l'affût.

H. 33 c. L. 24 c.

ISABEY

28 — Marine.

Des pêcheurs normands poussent une barque à la
mer.

H. 45 c. L. 65 c.

MEISSONIER

12,600. 29 — Regnard dans son cabinet.

Le front appuyé sur sa main, il relit attentivement un manuscrit. Sur la table devant lui sont entassés des livres et papiers. Le soleil entre vivement par une fenêtre à vitreaux plombées, dont deux des petits volets sont ouverts.

H. 21 c. L. 17 c.

MEISSONIER

7,020. 30 — Van de Velde dans son atelier.

Il est assis à son chevalet et regarde, en se reculant un peu, l'effet de son tableau ; d'autres tableaux et des dessins pendent aux murailles.

H. 14 c. L. 9 c.

PETTENKOFEN

1,020. 31 — Paysage de Hongrie.

Des femmes et des enfants se baignent au bord d'une rivière.

H. 20 c. L. 38 c.

PLASSAN

32 — Jeune Mère habillant son enfant,

H. 10 c. L. 07 c.

PRUDH'ON

33 — Psyché enlevée par les Zéphyrs.

Dessin rehaussé.

H. 52 c. L. 40 c.

Vente de Boisfremont (1864).

RICARD

34 — Tête de jeune Fille.

Elle est vêtue d'une tunique blanche, un cercle d'or
retient ses cheveux.

H. 47 c. L. 34 c.

TH. ROUSSEAU

35 — Intérieur de forêt. Effet d'hiver le soir.

H. 26 c. L. 40 c.

TH. ROUSSEAU

6 — Paysage.

Uue paysanne, montée sur un âne, suit un chemin
qui borde une mare ombragée de quelques arbres.

H. 35 c. L. 53 c.

AL. STEVENS

37 — La Mauvaise Nouvelle.

H. 00 c. L. 00 c.

J. STEVENS

38 — Musique de chambre.

Un singe, monté sur des volumes empilés, frappe à grands coups sur une caisse d'harmonie. Il paraît suivre attentivement sa musique, placée à l'envers sur son pupitre.

H. 59 c. L. 45 c.

TROYON

39 — Plage de Trouville.

Une charette, attelée de bœufs, apporte le chargement d'un bateau échoué sur la plage.

H. 50 c. L. 70 c.

TROYON

40 — La Provende de Poules.

Dans un enclos de ferme, une femme vient de jeter du grain à des poules; plus loin, des paysans déchargent une voiture de foin.

H. 50 c. L. 70 c.

ZIEM

41 — Vue de Martigues.

H. 54 c. L. 79 c.

Renou et Maulde, Imprimeurs de la Compagnie des Commissaires-Priseurs,
rue de Rivoli, 144.			37265